U0754928

点灯

在荒原上

杨优 著

江西高校出版社
JIANGXI UNIVERSITIES AND COLLEGES PRESS

图书在版编目（CIP）数据

在荒原上点灯／杨优著.——南昌：江西高校出版社，
2020.5（2022.3重印）

ISBN 978-7-5493-6078-9

Ⅰ.①在…　Ⅱ.①杨…　Ⅲ.①诗集-中国-当代
Ⅳ.①I227

中国版本图书馆 CIP 数据核字（2020）第 054800 号

出 版 发 行	江西高校出版社
社　　　址	江西省南昌市洪都北大道96号
总编室电话	（0791）88504319
销 售 电 话	（0791）88522516
网　　　址	www.juacp.com
印　　　刷	天津画中画印刷有限公司
销　　　售	全国新华书店
开　　　本	700mm×1000mm　1/16
印　　　张	8.75
字　　　数	110 千字
版　　　次	2020 年 5 月第 1 版
	2022 年 3 月第 2 次印刷
书　　　号	ISBN 978-7-5493-6078-9
定　　　价	45.00 元

赣版权登字-07-2020-288

版权所有　侵权必究

图书若有印装问题,请随时向本社印制部（0791-88513257）退换

自 序

杨 优

  选择诗歌，是出于对文学的爱好。儿时的我对文学已经情有独钟。读书是我学生时代唯一的爱好，小说、散文、杂记、诗歌全都会阅读，如饥似渴，废寝忘食，形容成"书虫"也不为过。真正提笔踏上文学之路，是在学生时期的文学社，当我看到自己的文字变成铅字，那种欣喜无以言表。后来由于工作和生活的关系，提笔少了，但我对文学的热爱一直没有泯灭。年轻时，物质生活贫乏，爱好文学的信仰却是一盏指明灯，为前途的荒芜披荆斩棘，以至达到心中的彼岸。我一直有个愿望，将自己的诗歌结集成册，在岁月里留下足迹。这也是这本诗集名《在荒原上点灯》的由来。那时，每当结束白天劳碌的工作，夜晚我就在灯下静静地看书，倾听灵魂深处的声音。当孤独成为另一种呈述，会看到远处的星火，听到黎明的心声，阳光也随之而来，铺洒心底。一切向阳，文字如生命的力量，蓬勃向上。在灵魂深处会走入另一个我，不似外表的柔弱，瞬间变得强大。在物质一无所有的时候，文字就是我心灵的全部世界，在那里，可以倾诉自己的喜怒哀乐。在最灰暗的时候，文字给我支撑前行的动力，让我有尊严、有底气地面对俗世的一切。

  文字也是灵魂的独白。我们在现实中有太多的无奈，有时不可言说。灵魂的迷茫需要一个置放点，然后通过自身的思索，顿悟透彻的心境。诗是自己与灵魂的对话，对过去的检视和对未来的寄望。在无限的遐想中，诗人以一种自然方式，道出生命旅途的各种情感、思绪，构成生命和诗语的无限。诗人在构思创作中运用语言，倾诉其灵魂深处的东西。诗的语言是从生活中提取淬炼出来的。生活也许沉重，以文字抚慰寂寞的心灵，取暖，也是一种寄托。

诗歌是文学王冠上的明珠，渐渐靠近，我被她璀璨的光芒吸引，愿追随她，在生命的余生歌吟。这本诗集分为四辑。第一辑：在荒原上点灯；第二辑：当孤独成为另一种呈述；第三辑：另一个我；第四辑，唯有寂静。心只有摒弃浮躁才能回归宁静。摒弃杂音，灵魂的救赎是一次行走。在荒原上点灯，寻找生命深处的光亮，且行且吟。

在荒原上点灯

目
录

第一辑　在荒原上点灯
▼

第二辑　当孤独成为另一种呈述

▼

在荒原上点灯

第三辑 另一个我

▼

在荒原上点灯

第四辑　唯有寂静
▼

在荒原上点灯

第一辑

在荒原上点灯

在荒原上点灯

黑暗，漫过荒野
那些从枯树上掉落
深植于泥土的事物
需要苏醒来消融虚妄的答案

关于落日与孤独
关于开合与苍凉

鱼跃出水，体内浩瀚
这隐秘的河流已化成泪
淌向远方
找寻亘古不变的源头

修复被雾霾迷失的生活
修复被砍伐撕裂的伤口

荒诞不经的枝上
不死的魂抽出新芽
点燃星火
成千的影子，索要语言和真理

自画像

一个野草一样的人，坠入秋的孤鸣
在夜晚，用文字打磨骨头的每一个细节

词汇，堆积如山
笔从低处攀岩

窗外有未眠的星子
残余的光交给另一片旷野
而我的月色，已瘦至腰肢
虚构的江湖，从亿万年延伸出狼烟、火焰、风暴

这多么忐忑
远比我想象的还要疯狂

网

异乡者，习惯在这片孤独的水面
替故乡，打捞沉没已久的乡愁

夜，是结满蛛丝的月光
他用无用的悲伤，将这片月光沉入水底

等黎明醒来，泪珠闪烁

九月，遇见一场暴雨

九月，试图打开它午后的情节

千古之外，神的箴言降临
暴雨骤落，似四面楚歌，翻江倒海
恍惚中，一个王朝的背影
坍塌、荆棘丛生

风吹来，吹裂的不仅是前世的温柔
还有隐于苦难中的一切

我看见，天空晶莹的泪珠顺着瓦檐
一滴一滴，滴落地面
那么多无家可归的生灵，在秋的旷野里摇晃
声音里的痛，寒流一样袭来

雨止，乌云渐渐消散
阳光牧着羊群在天空行走

供 词

此刻寂静
暮秋已提前来临
夜行者，看到关于星空的深渊
嘴角，扬起含义未明的微笑
想起多年前在这样一个夜里
一个女人，抽打过自己的孩子
那高高扬起的右手，连星星都为之颤抖
大地却丝毫不动

在荒原上点灯

野　草

那一刻，寂静而惆怅
在它头顶上，悬挂着一只干枯的蝴蝶
风一吹它的翅膀，就流泪

一颗心，隔着一只蝴蝶
看见枯萎的秋天

万物凋零、衰老，聆听内心的悲苦
只要风还活着
它的影子，就会带动大片沉默的细节
枯黄后，来到一首诗中重生

原　谅

尘世，背已驼
这背负的曲线，像山脉
终究还是抵达这秋的渡口

秋，已败退
落日，渐渐暗下来
将余晖、云霞、草木收入腹中

原谅我无法释读这落日的悲痛
那条孤独的河流，已淹没我的双眼

枫

不愿过多地描述，这一退再退的九月
那片思语，在天空下已燃起火焰

于是，我拾起从诗词中
丢失的符号
在这片火焰中跳跃

手掌，烙满殷红的烙印
而雨季，不知去向

断　章

当思维成为夏的另一种叙述
一张寂静的白纸，写或不写
都成为凌空的一面

有无数的青山、流水重蹈覆辙
在一落千丈的地方，遇见悬崖
听到风声呼啸而过

这人间的险象千仞绝壁

在荒原上点灯

旧 时 光

静默。神态安详
在屋内，仍保持那张完整的构图
只有从窗外进来的光，才能还原它的底色

很多时候，当回忆成为一种属性
曾经有过的悸动，在眉目相似的春天
生出风，生出广阔的绿意

角落记物

昨日颇不干净
母亲用它们扫去一些旧事

绝大多数时候，它们守着本分
安静地置于某个角落

它们漫长的一生
就这么相依相偎

一个需要倚在墙上，方能安心
而另一个则用它的方式，接纳世间的一切
包括那些枯黄的残章
包括那些远古的尘埃
然后，默默地清空

季节的独白

七月是人世的续章
语言寄存在它的蝉鸣里
像流火，蔓延盛夏的每个角落

这种强大的声音
从树林中、草丛中、湖水中
穿行而来

这里的天封塔，有着过度的寂静
在这个过度狂热的季节
只有听，需要一颗亘古的仁心

它们过度的寂静与过度的狂热
汗水淋漓，甚至渗透一些隐蔽的事物

蝉　鸣

时间的齿轮，锯割昨日的忧伤
一些骨架，落于丛林深处疼痛

万物的悲悯和着蝉声
在树梢上，嘶嘶地鸣叫
夏，在这嘶声中越发辽阔

苍野之间
有火焰在燃烧
有火种在延续
还有余音和谜团在尘埃里飞扬

阳光，依然落满枝头
已习惯这人间的真相
一生低眉，与万物相望

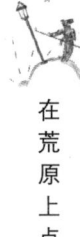

在荒原上点灯

一滴水

它在找寻来时的路
关闭盛夏的浮躁，像落叶一样沉睡河面
让千万条鱼在黑暗中，和着蝉的诵经声醒来

它在不经意间
把蛙鸣、萤火、山峦、云朵，还有星月
带到一个又一个村庄

它的泪，渗过大地的心脏

午 后

午后，阳光透射窗前
总有一些事物被镀亮

祖母的身影高出地表
她的一池微笑，凸现在暖阳下

时间是空的
我看到一只白鹭，振着羽翅
从远处向我飞来

我的耳朵需要贴近鸟鸣
去填补那些葱绿中的枯黄

在荒原上点灯

恩 光

母亲，是一座寺庙
我的第一声啼哭，缘于她体内的钟声
从此，烛火萦绕着我

远处的灯火

月，点亮夜的轻盈
我看到
河流千古不变的脸
可那么多皱纹从何而来

隔岸，灯火闪烁
这黑暗的流浪者，穿梭城市
带着一些等待和回归，在马路上疾驶

于我
这些皱纹和灯火，皆是路人
我只是路过
收藏一些风声、目光
将夜的秘密藏于更深的夜

在荒原上点灯

生 活 书

雨后的清晨
我坐在花的王国，沉思
花国的子民，那片红肥绿瘦的花草吐露季节的芬芳

蝴蝶上下翻飞，或许是某种渊源
来探寻文字痕迹

我的体内，住有一座寺庙
木鱼的敲打声，就像不远处矗立的那座钟
每敲响一次，就会叩问隐于深处的灵魂

中年之河有流水缄默
时光的影子，如同白鹭在水面一掠而过

仍然是会流泪的江南
我的前半生，在六月奋笔疾书

十　年

当暮色爬上半山的旅馆
我便站在香港审视我的十年

亦如这难上难下的坡路
途中，遍布欲壑的窟窿
心中有猛虎而又骑在虎背上的人
在观看落日的磅礴

身边，一些弱小的事物在鸣叫
为苍穹的浩瀚而鸣
为自己体内的浩瀚而鸣
这长时间的鸣叫，沸腾着我的精血

我深知，只有语言才能刺破万相
一声低吟，真理随微风拂动
思想已然前行

在荒原上点灯

容　器

选择一个晴朗的日子，倒空自己

将一席黄昏铺就
等清风和月光徐徐装入这片湖泊
湖水清冽，不再绑架你的自由
眼眸，看得到梦影

透明的琉璃，一如鱼的天真

雕　花

不甘成为那截朽木
一个老者，心有涛声
日雕月琢，与一把刻刀为伴

如雪的刀光，掠过风云
在沉默的木质上，裸露出一寸一寸的新颜

尘埃，片片坠落
虚构所有的浮影和悲欢

而一只手，在凹凸的界面里摁住月色
沿着时钟的滴答声
与一座城，幻成菩提

在荒原上点灯

黎明之前

当万物还在沉睡
诗，已在隧道穿行

前方，灯火闪烁
一个明灭多变的时空
以千里的时速，穿越黑暗之门

此刻，藏于林梢的鸟鸣
从四周一步步扩散
远山，被语言感染
在黎明醒来之前
我的笔，将抵达那里

花 之 恋

我爱花，就像爱年轻时的母亲

所有逝去的时光，隐藏在每朵花后面
芬芳着心底

然而，黄昏是一种凄怆的温柔
正如那个声音告诉我一样
无法把握逝去的时光

风从林中过
温柔的呼唤，一如亘古以来所有的母亲
而我幻想着拥有这样更多、更美的花朵

雨一直下

似乎没有晴天
来来往往的生灵,是如此渴望阳光
当晚风穿过暮色
每一片心声都随着叶子翻动

有流水从生命深处传来
传来神的旨意

我们,赞美这至高无上的神
赞美这滋润万物的人间
却在虚妄里渡尽一生
而本来,可以拥有更多的色彩
在一切痛苦和欢乐之上

春 雪

在一场白倾城之前
说说那条河流
一路奔腾
经过幼年的村庄
人世间的悲喜交加
让阴雨揭透

也许一次纠缠
游走岁月
等片片素笺
捎来春的邮戳

也许一次轻吻
满怀素洁
等所有的羁绊穿越
走向春天

我们在灯光下，谈论生命的意义
窗外的雪，正扑打尘世
一些痛，站于风刃
而那场白，终将还原一切

在荒原上点灯

二　月

暮冬岸边，芒草莽莽
我的二月，依旧高冷
仿若冰流

当天空倾尽所有
第一枚雪就化成晶莹的泪
你痛的
你冷的
我想全部分担

或许，人世间的幸福不如莲蓬一样饱满

转身，风中翘首的
是那冰洁的寄语
等候，一抹翠绿

火 炉 旁

关于火与火炉
我描叙的故事里
盛放三国，煮酒
英雄煮尽天下事

争雄是必然的
借一树梅花
安放宿命
盛开和凋谢
都成无法拒绝的风景

旌旗、战鼓，如梦似影
有人疾呼，有人黯然
有人用生命种下黎明
此时，我需要一场雨
扶起灯光

在荒原上点灯

风 雨 中

六月的天空，悲伤
雨水，在万物的静穆里倾泻

回眸那个日子，阴郁
我的二叔，一个不善言语的男人
脊梁弯处，扛着风雨
当重物坠落的刹那，推开工友
在黎明的碑上，刻上殷红的名字

而我，蘸着今天的疼痛
写下隐于内心的文字

尽管时光体内沁凉
我还是能看到远处的光

人 间

从千万棵树中
找寻一生迷恋过的树
你必须站在高处，遥望上苍

从掉落的时光中
找寻一个刻在脉络上的名字
你必须等待暖熙的日子，让鸣声在蓝天里回响

风吹来一段故事
这万物纷沓的人间啊
曾有过沧桑
与生俱来的苦痛
如同地上泛黄的枯叶，层叠心底

但我相信，一定还有别的颜色
譬如春天，它就在不远处
一声滴翠，洇开浩大的韵

黄昏的思绪

黄昏，云彩
载满乡愁，徐徐而来

空籁之影，直击七月
村庄、炊烟
那些和幼年有关的情愫，沸腾
随暮色飘荡在城市上空

等那只飞鸟
衔去最后一抹昏黄，投入林梢

夜还是要来的
星子是深藏的隐喻
在这座城市，被虚拟的坚强
撞见光明

一抹光，擦亮眼眸
我似乎看见站在黎明前沿的乡亲
人间的悲喜，若隐若现

第二辑

当孤独成为另一种呈述

当孤独成为另一种呈述

夜还不够深
于是
我把身体最坚硬的部分卸下
涂抹成文字的颜色
躺在经书里

山河还在，古老的梵语按古老的方式排列
一个失眠的人，在马背上跨过八月
不问世事，只为一粒秋天

雨水被重新唤醒
体内的河流开始奔腾

霜　降

1

一定是被昨夜的月光深爱过
洁白，没有风吹草动

荒芜被掩盖
第一场雪还没来

我却从你的眼眸里，读到北方的冬
不说渴望，需忍住唇边的词

2

无法拒绝你的冷漠
就如同无法拒绝季节的呼吸
是一场告别
一夜之间，我看到瓦砾上、草地上、树上覆盖着清冷的诗句
留白处，等一抹青黛洇开远方

从这一刻起，我想念我的太阳
想取他的光芒，放于心底
让心底升腾的暖意，消融苍茫的冰冷
屋顶，一缕慵懒的炊烟
晕开我的乡愁
我所翘首期盼的，是
一粒来自睡梦中的鸟鸣

残　荷

去一幅墨画中寻你
入世的茎，在苍穹下勾勒词韵的风骨

蛙鼓，已成为绝响
当秋水漫过河堤
枯黄的叶片上，滚动你的心泪
甘愿为一种笑容沉落

冬，来或不来
魂，依然会坚守一方明媚

在荒原上点灯

风　筝

虚构一场旅行，勾勒未来
——陌生的自己
被激情点燃的欲望，在蓝天下越发高远

身后系着牵挂，曾挣扎于生活的无序
黄昏添加盛年，再添加中年
拖着走过的路

我的村庄
我的父母以及众亲
如同一根时光的长线串在一起，扯不断

此刻，带上笔尖遗落的花香放飞
心中起伏的眷恋，等风来测试

欲望中的河流

我们共饮一条河流
背向寒冷和忧郁

遍野无助也无害的野草
连同那些被风吹拂的谦卑者
低于尘埃

心波浩瀚
蓝色之光，映射思想
先于黎明成为梦的底色

语言谈论梦境
还是语言从梦境中描叙陌生的躯体

突然想起，鱼已跃出水面
当它落下
河面已不是当初的河面

在荒原上点灯

酒　杯

一尾鱼的自省自成江湖
更多的流水从四方涌来

在所有的场景中
看得到自己的梦影

当暮色拥抱霓虹
玫瑰的血液，流向夜边沿
点燃欲望之唇

满盈而又空虚的往昔啊
大多数时候
被异乡摇晃乡愁

直到有一天
一滴清泪，从你光滑的额头落下
真情易碎的世界里，悲喜执着于透明的初心

岩　石

一生面向沧海
一些幻想，在情潮泛滥的四月
已沿着荒径崎岖远去
躯体裸露亘古的悲伤

泪水，滴落冰冷的悬崖
和着岁月，在旧时代脸上
镌刻沧桑的印痕
而一颗隐藏崖隙深处的魂
从没停止呼吸

纵使黑夜举着闪电
炙烤成烈火
包围体内的文字
信念仍未屈服

在荒原上点灯

镜　子

驻足隔世
荒凉的眼神，等待一场雪
雪下
前世的花，冰封今生
雪于我，是透明的影像
月一般沉默
而我试图窥见自己的肉身
透明于混沌之上
真理无辜
是怎样一脸大海
让真相洗濯世容
灵魂，不断擦拭
孤独地闪光
凝神、注视
谁与谁相似

故乡的云

我从河边走过。在天空
看到一行大雁，排成归乡的人字

故事的情节已泛黄
回眸中，洇开几朵春秋

思念，承续遥远的雨水
跟随云，飘泊
寻找根的隐喻

一弯瘦镰，蘸着母亲的泪光
打磨成月牙
收割赤子的离愁

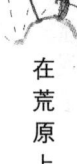

在荒原上点灯

时间的隐喻

1

黑色，匍匐痛与梦魇
处在旋涡里的人，挣脱夜的桎梏
和着黎明的鸟鸣追赶远方

向北风亮出利剑
孤独是寂寞的缔造者
当诸物纷纷退散
你已抵达命运的中心

2

又是一场雪落在头顶
除了心跳和呼吸
只有自己知道黄昏的轻重

在时光的罅隙里
我分明看到一个身影
奋力将青春举过头顶

3

梅雨天依然会来

你无尽的柔情吻了吻五月

转身离去，只剩下一个背影

将那阕词深藏
我站在暮色的岸边
怀揣一条河流
却放不下一腔念想

之于江南，你比落花更有情

在
荒
原
上
点
灯

原　野

清晨的四月，我端坐南方
看着不远处的梅
从北面穿越寒冬
按捺不住蕴藏许久的心事
在枝头吐露羞涩的言词
那些与春天有关的事物
红的、绿的、黄的、橙的……
——呈现于眼前

这让我想起刚离去的夜
有谁在这原野
不远万里流浪而来
只为了一朵镌刻在心底永不凋谢的花朵
继续踏歌

生命的狂喜刺破荒芜
逐行逐段
读到青丝
读到白发
一转身，已是余生

海

这些年，见过不少潮涌
在静冈，在芽庄
在其他叫作海的地方
它们有共同的味道
——苦咸
这奔腾不息的苦咸啊
像要带走尘世间所有的磨难
当海水退去
赤脚的黄昏，不怨沙粒硌痛
她的仁慈，无边无际
或许这只是短暂的恍惚
有风声举过浪潮
在光阴深处回响

在荒原上点灯

春风十里，我在等你

当一朵桃红吻过前世
念念不忘是她的情人
他们有解不开的情结
那年三月，待嫁的年华
他从山坡向她走来
静静地，宛如天上的云彩
如果不是一场冷雨
淋湿那片粉红的寄语
她可以拥有整个春天
守候。当春天再次来临
微醉的南风，让等待
在梦境生出十里繁华

窗　外

当时光在窗外放慢脚步
我细细打量这个三月
想起朱自清
想起睡在书桌上的《春》
雨露沾过，阳光照过
哦，一切都醒来
众物欢呼
爱这丰姿韶华的少女
爱这阳光普照的人间
在千朵盛开的桃红之间，仿若那熟悉的声音在召唤

在荒原上点灯

我的南方

你，顺着水声溯源

水声，压着流水
泥沙在河底
有更深的触角，期待回潮

恍惚中，时间的筏子漂浮
那条河面，顺流而下
石头渐成你的目光

我在你的目光里奔跑
老屋、稻田、灌木林圈住童年的坐标

我和你，像流水一样不分彼此
水域，宽广而苍茫

六月辞

黄昏，坐在一张铁椅上
目视远方

花园里，葱绿的草木繁茂
犹如我的青春
偶尔有几片花瓣，坠落泥土
殷红的心语，见证曾经的疼痛

暮云低垂，天色将晚
谁来摹写我们的余生
每一个缄默的词语，等夜剥离出它体内的呼喊
六月，随之悸动

繁花落尽

往昔的爱恋随一顷暮色成空

雨，滴落甬江
江湾边，那朵早谢的花朵缱绻了谁的脚步

季节的口袋，是一条奔腾的江流
风来，伸出手想去摸失岸的心

潮汐，一波又一波拍打着残梦
推动一个疲惫的虚词

把忧伤放进语言的唇中
在"殇"这个词上，浊黄的江水和眼泪
有着相似的磨难

第二辑 / 当孤独成为另一种呈述

烛 火

没有星光的夜晚
祖母把自己打坐成一支烛火

周围的空气，随着
时间一起，变得暖意融融
瞬间，万物放下心中的暮色
悟透轮回

曾惊讶于这股无形的力量
以致于多年后
梦中，仍浮现她摇曳的身影

渐渐地，我也成了烛火
连同我的名字，燃烧
在岁月低处
直到，耗尽最后一滴血
尚存的余温，能否捂住明日的虚无

在荒原上点灯

· 52 ·

行走在一首诗里

"葡萄美酒夜光杯，欲饮琵琶马上催……"

一醉千年
醉过多少征人

相信在远古
站着和我一样的人
有天命一样的身份
被沧桑刻下纷乱的一刀

此刻，把游灵的歌吟
还给一个朝代

刀

刀，是口好刀
只是用刀之人
无法看清它的真身
谨小慎微地行走江湖

江湖并不平静
沧桑中，怀有无数痴念
譬如，去梁山喝酒
和一众弟兄吃肉，阔谈高论

此时，它的光不再冷
照见肝胆和热血
也照见湖泊和泪水

在荒原上点灯

钩

曾经，鹰的利爪抓住悬崖
将死亡打开又合闭

侠客、血影
湮没于逝去的故事里
锈色的容颜，在秋风里渐凉

老　屋

故居，在梦中
遗留故事里的体温
托远游的云，裹着风
将乳名一次次唤醒

那把铁锁，长满岁月的锈迹
打开，满泪的孤独
在秋风里摇晃

时光，依然蹒跚
从一朵花开，到一片叶落
框着思念的画面

解 药

头痛、脚麻
两眼昏花
中年，似乎患了老年之症
每天清晨，需去那条
绿树成荫的小径，舒拳伸腿

此时，一个个动词潜入心底
在秋蝉的尾音中，浮上喉管
舌尖卷动，和唇
把它们一起推到晨曦下

像种子们，渴望新的光

我不是诗人

远方，词汇如此孤独

那些徘徊的时光
迎面撞来。我的话语
不长，却深入骨头

夜，如此漫长
细心聆听花草和露水的私语
叶子的脉络上，流淌着
沸腾的血液

我不是诗人，却想安慰
月光下蛐蛐的悲鸣
灵魂幻化成点点荧光
点亮夜空

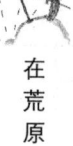

在荒原上点灯

渡　口

江城的黄昏，难以捞起柳笛

半生烟雨，迷濛江岸
细数经年的泪花
有桨声循着激流鸣成鼓点

苍山有钵，踏潮而来
寻见前世的颠簸
在木鱼声声传唤中，回归平静

在夏的流火里
取出一截春的骨头
淬炼成诗的菩提
流逝的物语，重生时光之上

空　白

此处不写江南
省略一千个清晨
省略一万条河流

却有风声穿过雾霾
聆听故土的叹息

夜即将涌来
万物皆归黑暗

我只想我的眼睛，能看到前方的前方
那儿有鸟鸣、阳光，沐浴花一般的枝条

在荒原上点灯

六　月

季节，固守承诺
滴落阴绵不绝的忧伤
清脆的声响之间，时间被融化一地
已不能转身

河流，比天空和大地更有情
允许她有梦想
以草为界
向五月作别

草地的尽头是森林
每棵树的骨骼上都镌刻着少年、中年、暮年
每个暮年的身上都藏有一口井
来自井口的风，描述曾经的风景

根在黑暗里呼吸
呼喊水的名字
水有多远，乡就有多远

在根的深处
我，听到先民的交谈
扶出一缕阳光，化开忧伤

燥热，从此袭来

秋的故人

走到城市的一个角落
打开夜色
掏出故乡残留的一点气息
今夜弯曲的月光是去年的秋霜

泛白的唇，吮吸夜色的寂寥
锈色的语言，刺探云朵翻阅的心碎
抖落一瓣月牙
直到疼痛无法停止

中　秋

风，遗留了故乡的瘦骨
画一圆思念，悬在天空

乡愁擎举月色
照亮夜的影子
孤独和沉郁泛起涟漪
在水面静静地流淌

不远处，灌木丛中一些词语隐忍
沉默在月色背后

又见桂飘香

十月如你
在枝头，缀满金色的诗语
朝露、鸟鸣、花香
和着阳光一起呼吸

有风吹动日子
河流，背负着前世的誓约
在江南的杯盏里醒来
依然奔涌向前

水面上，泛起灵魂的吟唱
悠长而潋滟

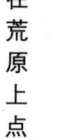

在荒原上点灯

第三辑
另一个我

另一个我

岁月轻薄
逆风，行走万物间

万物于秋天变脸
真相接近预言的枯萎

倾倒在地的玫瑰，穿透身体的坚硬
绽开一朵殷红的信念，重新找到河流的方向

失声的语言，重塑
提炼成一种幸福的痛

我看到，她再次出发前
默默地流过泪

在荒原上点灯

城　墙

翻越山梁

一个名字，嵌入古老遗痕

不闻马蹄声

唯有，半截若有若无的剑影

刺破气势磅礴的沉默

临风而立的身影

被风吹，吹去多少梦魇

林梢的暮晚

再现于梦境之上

告知秦朝雪

掩埋多少草芥

刺痛的荒凉，在此刻仿若冰流

千年黄土根，绵延沧桑

在光阴深处，等候叶落

穿越梅季

梅，你是人世间疼痛的诗行
苦难挂在枝头
浸满斑斑血泪

冬的梵音传来
纷飞的雪花，舞一曲哀婉绵长的柔情
千言万念，在飘落的素笺中絮语
用一生的温柔，抚慰那片哭泣无声的殷红

雪融时分，雪与你紧紧相拥
把一个春暖的梦
融进幽幽的暗香里

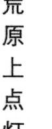

在荒原上点灯

初　心

虚构一个王国
在那里，我是文字的王
手上沾满众生的渴盼
梦，藏在指缝里
涂鸦最原始的草色
慢慢靠近远古的骨架
透过骨头，我看到
一缕青烟，化成一滴雨
落在元朝
如此透彻
如此清冷
唯有孤寂与我彻夜长谈
必须清醒，所有的想象
并不是一个具体的词

飘 雪

剥离秋意的愁苦
灵魂守驻荒野的孤独

一直，等到一片一片的雪花
从迷茫的天际落下
落在枝丫上，落在田野里，落在心坎上

天地间似白茫茫的梦
梦中，我看到了遥远的远方

每一片雪花都是千古流转的相思阕
疼惜的眼眸里，溢满水晶般的泪

在荒原上点灯

父 亲

1

时光，静静地坐在长椅上

在春寒交接处，看到一个身影
在那片生养他的土地上
用一双布满老茧的手，扶起岁月犁铧
守住苍茫，将日子打磨得锃亮

这个属牛的男人，一生甘为孺子牛

2

在夏的节气里
不需太多的言语
我的父亲，像一棵大树
挺拔的身躯，擎起生命的绿

此刻，晨曦携着
那么多绿意——铺晒

3

光阴，零散地挂在眼前
我知道故事永远没有回归
那条蜿蜒的小路，一直延伸

老屋，抖落无数往昔
漏下的斑驳，从指间流过

童年，飘摇在风雨里
踩着你的脊梁
走过泥泞与沟壑

4

你的目光越来越沉默，如深秋
和母亲，彼此细雨般洇湿对方的眼

5

一条小河，是故乡的模样
沾满湿润的音符

含着土语的乡愁
仿佛含着我的乳名
在血脉里起伏

父亲啊
你用汗水
喂养了乡村的袅袅晨炊
喂养了我们姐弟日渐长大的胃

如今，满头的雪在夕阳下
拥抱余生的暖

在荒原上点灯

落 红

当一场祭礼，结束一个春风得意的时代
回眸，身后仍是浩荡的人间

这无限变换的尘世
耗尽一生绽放的情
——重逢、相爱以及离别
就像季节的更迭
每一次，都有心瓣坠落

这些枯萎的故事，和血泪融入大地
闻到泥土的气息，宛如故魂

窗外依然一片绿荫
那么蓊郁，半截光阴的背后
辞藻正重生

在雪没来之前

寒意，已渲染了这个季节
在雪未雪之前
我该做些什么
譬如像一朵云彩，在花开的时间行走
找寻你雪魁的身影
亦如像一场雨，痛快淋漓后风干
期待下次邂逅
不过，这一切只是想象
无雪的冬日，等待让思念荒芜
生命，应该来一场雪
填写纵壑的空白
迎接忧伤而本真的主题

在荒原上点灯

大 雪

选择以一场盛大的诀别，告示人间
无数的雪花，从四面八方涌来
这片片飞絮，连同忧伤
飘进心坎

凛冽的凄美，像爱人遗落的白羽，轻柔
轻柔得风不敢打扰
悄然隐退

窗前的树，闪着白皑皑的光
刺痛着双眼

目光向更远的地方遥寄
心中的雪，融于春天

寻找一盏灯

夜，愁成一场雨
寻觅的目光高过那把伞

一种孤独撞击另一种孤独
在树叶深处，发出沙沙的声响

苍茫中，一盏心灯忽明忽灭
给远方，染上一层怀旧的底色

在荒原上点灯

等一场雪

这里的冬天不下雪
没有下雪的冬天，就没有灵魂

小院已草木枯黄
落叶几许
难觅半点暗红
我在等一场雪，一场来自北方的邂逅
像等待一朵花开

等雪来，化身为蝶
和着风的节拍
翻飞在童话里，与雪花私语

月光尽头

在一座城市的海边
花开在礁石上
灵魂的呓语连着骨血
撞击夜空的苍茫

风，捧不起流水
这么多年，依然从一个遥远的国度
再去另一个遥远的国度

没人知道，那来自异国的孤独
来自内心深处的独白
正随着月光一步一步往前移

此时，一切都静下来
月光尽头，似乎在等待更充沛的声音

在荒原上点灯

虚　拟

没有水，也没有火
未成熟的光，染上暮晚的痛
幻影，出现又消失
像一片叶的枯萎
而我站在秋的深处
静静地等菊开放
她的花蕾，犹如紧闭的肉体
等霜过后，绽出黎明

马

踏碎月光
大风起兮
目光，直视远方
——悲愤

这种苦难，祖辈经历过
像所有的蹄类，有烈性
从小到大，为命运奔走
直到临死也摆脱不了沙场的宿命

或许雨箭可以击穿谶语
流血的长嘶
把心跳，定格史诗

在荒原上点灯

向天空挥手的人

深夜，读雪
读到多年前的清晨
一片一片地
落在离别的岸上
袅起的孤凉，伴随母亲的身影
在心底涌起
这雪，没有秋雨的温柔
透着一股寒气
覆盖着苍白的语句
那只在灯下，缝补童年无数欢乐的手
在向天空挥舞
似乎要用尽一生的力量
为我擎起远方的远方

冬之江南

这个冬天，一直下着雨
似乎在延续秋的忧伤

思念，倚着堤岸
不经意间溅落湖中
泛起阵阵涟漪，撩拨着心弦

我知道，风从北方来
打探梅的音讯
隐藏不住的相思，沁红枝头

我，再也无法停留
必须穿过梅已盛开的江南
和诗去远方

在江南的柔情里
吻尽雨巷的尽头
升起一轮暖阳

在
荒
原
上
点
灯

黑 与 白

黑，隐去灿烂
夜色中，弥漫着一种肃凉的气氛
这让我想起战争

梦回千年，马蹄声从关外驰来
渐行渐近
万里尘沙，扬起史章未曾愈合的心伤

我在等一场雪
洗濯岁月的沧桑
还人间洁白
关于刀枪、战争
关于仇恨、血泪

途经春天的河流

冬的足音，辗过岁月
村口，日渐老去的河流
润湿我的眼眸

骨髓里深植的思念
像极了母亲从流水中捞出的日子

那片兴奋的叶子，端坐岸边的树梢
与第一朵笑出声的水花
一起抹去眼角，挂满青春的泪水

撕　夜

月色黯然，被一团迷云遮住

夜的脚步
踯躅城市角落
风尘，起落心底最深的念

一些情愫，被黑暗的羽翼掠过
我听见忧伤蔓延的声音
在梦的风口疼痛

聆听大地

清晨，阳光沐过时间的缝隙
聆听大地的呼吸
夏的蝉鸣，起伏着生命的跌宕

曾经分娩的人间，从草丛中露出头
一滴泪，落在泥土里
不经意间，化开树的根须

祖先耕耘的足音
在潮湿的土地上，种下古老的旨意

今夜，与月光轻谈往事

今夜无风
我站在岸边与月光轻谈往事
柳，侧着身子倾听
细长的枝条倒垂，亲吻河面的梦影

故乡是悬挂头顶的一弯明月
清辉下，一汪离愁在心河里荡漾

聒噪了一夏的蝉鸣和蛙鼓
隐匿在秋的深处
河道边几盏灯，静静地
荧光着秋夜稀暗的诗行

不远处，几支芦花仰望星空
苍茫的眼神随夜色弥漫

一帘秋雨

一帘雨，洗涮往事
疏密不定的惆怅，敲打窗棂
浸润秋的沉思

起半阕离词
眉间，萦绕念的深邃
微微绽放昨日的笑容

轻轻拾起心底的风景
那片叶落的声音
渗进烟青色的天空

拨动一枕江南水梦
一肩风雨
已成过往云烟

寻 找

在没有月亮的夜晚
风茫然地掠过九月
搜寻童年的梦影

夜，徘徊
远处，一盏心灯撑起黑暗的苍穹
闭眸，追逐遥远的梦
思绪牵住那个永不回来的季节
浓郁的稻香
夹杂在充满遐想的童年里

追梦，于晴朗的蓝天下
于赤脚踩踏过的泥泞里
于满怀希望的田野上
时间，呈现出泛黄的故事
驻足心胸

温　暖

当一些事物离开母体
便如同流浪猫
在冰冷的水泥地
唇遇冰冷的言词
蜷缩着身子，颤抖

我的冬夜，在寒冷中被提及
茫然而疼痛
生活是如此的不易
以致于，又一次陷入莫名的忧伤
远方，在泪眼中沉浮

蓦然间，一束光
轻轻抚摸被岁月遗留的皮毛
心底升起的暖
渐渐托起皎洁的夜空

在荒原上点灯

落　叶

谁曾执时光之笔
在扉页里，写下对尘世的眷恋

季节薄凉，撑不起心空的温度
枯萎从失语的枝头开始
片片凋零
随风去向远方

黄昏的伤感，犹如这落叶
遗落曾经的青春

一树深秋
更深的目光

咏 月

1

今夜，我披着星光
走在柳岸边
故土的魂，挂在天涯
扯不断的愁，沁入夜的深邃

一汪幽思，如水倾泻
以流水为琴，抚弄岁月的歌
多少痴恋，缱绻着阑珊
掩映在清辉下

2

谁的梦影，与星星相拥
在枝头披上一层淡淡的忧伤

一只倦鸟，停止白天的聒絮
和着皎洁的夜色展翅

记忆，藏于层层交替的落叶下
悄然生长的脉络里，涌动着对人世间的依恋
平静的往昔，碾过陷入深沉的念

在荒原上点灯

河

秋的河畔，凉意浸润每一块青石
而你以弯曲的姿态匍匐
曾几何时，这弯曲多像祖辈刻在记忆里久远的沟壑
繁衍生生不息的力量

沧桑，滚滚向东去
扑腾起历史的波澜，最终被时光淹没

岸上的芒花开了
一些种子，随风去远方
一些种子，植入泥土里

心 岸

暮色里，喧嚣散去
黄昏的苦楚，层云般涌来
沿着巷角铺展到光阴深处
人性的某一面
需要一场暴风雨救赎
如同高尔基笔下的《海燕》
或许那个叫远航的人
黑暗中泅渡已久
涛声来自体内

在荒原上点灯

鹅卵石

他静静地躺在裸露的河床上
七月骄阳，灼烧他的身体
撕裂，疼痛

哦，请别轻易去打扰
怕触伤他心底的那滴泪

在河底躺了千年
岁月干涸，失去一条河流

驻足，等候远方的呼唤
挟裹着水声
润湿往昔的梦

在时光里

时光的脚丫，踏进河流
流啊流
流走了春天

懵懂的我，在黎明前醒来

当黎明变成黄昏
枯叶将我的身子掩盖
只剩下一地清寂，斑驳着旧时光
那些痴狂或沉思的片段
在风中抖动

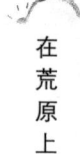

在
荒
原
上
点
灯

第四辑

唯有寂静

唯有寂静

月满、月亏，一切都不是想象

芦苇花，一直苍白
面向河流低首
如雪的心事，能在夜色中
填补些什么

至于秋天，又回到最初的住址
那里的灯火，依然无言
走失的小镇以及那些传说
和着夜色，痛饮半生

唯有寂静
描述生活的不易
描述骨子里的不羁
从故乡搬到异乡

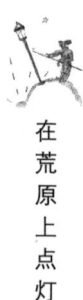

在荒原上点灯

路

深山的唿哨，竖立峭壁
传唤亘古不变的诗性

诗是敏感的躯体
骨骼上开出语言的花朵
遗留原始的美丽

信仰，向上攀延
一定有疼痛经过
无法阻挡一场雨

泪，滴落成秋天的河

春天的记忆

夜，剔尽虚空
似野马，穿过黑暗
融入无边的草色

睡意被贯穿
念，从遥远走向遥远
在春的记忆里，忽明忽灭

而那朵花，泪已漫过沧海
曾经的浪涛
已随岁月渐渐褪去

现实，矗立尘世的高楼
25 层电梯上下，交织着
彼此熟悉又陌生的肉体
经过同一宿命的狭口
来到愈加陌生的浅夏

等 待

我在寒夜
虔诚守望一个冬
只为聆听你的脚步

回眸，湖畔边
一腔情被风抚乱
你的倒影，揉成点点波光

而指尖的温柔，缠绕心底
在岁月和现实的夹缝中
滋生纠缠的藤蔓

期待十里桃花依旧
期待江山尽成青黛

我的思绪，将追随北归的雁
在欢快的小溪中
倾泻压抑已久的牵挂

沧桑的况味，在漫长的寒冬消融
只为心中的一个春天

迁 徙

无数次，思绪堆积在飘雨的黄昏
像天边的云层，伏得很低

无数次，穿透如烟般的往事
拽回到斑驳的老街上

那梦中的青河，流动灵魂深处的乡愁
河岸两边，林立着各种店铺
一些残存的记忆挂在檐下
诉说往昔

而我，在那个披满阳光的清晨
将一大堆愿望打包
塞进大大小小的心事里
携着憧憬，随云彩一起飘浮到陌生的城市

雨仍在下，但天空已不是那片天空

八月，若是还乡

八月，以一场火热的絮语
铺洒满地的思念

沉甸甸的乡愁，悬挂枝头
眺望着远方

故土，是一枚刻在心底的烙印
静静地安放在记忆深处
任思绪的小鸟，衔去一缕情愫

那被岁月染白双鬓的母亲
倚在村口，守望着心间小路
等一抹暗香，沉淀游子的归梦

秋　意

送走了蝉鸣
秋语缄默
掩埋花香

素色的身影，总是在不经意间随着风落入门楣
在江南别离的眼眸里
起落的心事，在笔尖蘸染几许沧桑

而伫于笔端的念
仍萦绕心间
静静地落于土，融于土

直 到

一场雨，淋湿一个女人的双眸
和那棵为盛夏而开的玫瑰

在此之前，有过无数灼热的誓言
随着阳光从高处铺洒开来
斟满欢乐的酒杯，举过头顶
掌握春天

直到，一片誓言从树上跌落
鸟儿，在树的伤口坦白一场病痛

天空已低垂，旷野更野
曾经的诗句，在地上泛黄

借我一把时光的尺

摊开岁月的手掌
那些纵横交错的纹格里
布满尘封许久的往昔

念，渐渐成形
我举起风雨刀刃
镌刻一世沧桑

借一把时光的尺
丈量生与死的长度
灵魂，朝阳光虔诚地膜拜

在荒原上点灯

秋日之空

秋带着一丝忧伤，走在苍茫里
隐藏内心深处的阴霾，化作满天惆怅

一季繁华，凋零在岁月枝头
从枝丫上掉落的蝉鸣，振动时间的耳膜

我于半山凉亭下，拾起一叶枯萎的记忆
生命，似乎还在脉络里挣扎

离殇，以大地的名义沉默
多少念辗转成空
唯有嵌在岁月里的花语，亘古着芬芳

一笺清词，洇开灰色心空
浸润江南深沉眼色
渲染着秋韵

初 冬

当秋的最后一片叶
在枝头掉落
阳光竟如此安静

我坐在窗前，望着远处
几棵树，在初冬的阳光下站着
一场飘零过后，完成生命交替

在此之前，有过一场对青春的眷恋
风吹过枝头的荒芜，叹息

远处，偶尔传来几声鸟鸣
擦亮时光的旧痕

在荒原上点灯

离　别

冬逼近
接近 0 度的词语从风中吐出
誓言，颤抖
作别枝头
来不及回忆，故事已枯萎
飘落着谁的忧伤

一丝落寂，一丝不舍
低吟离歌
残阳照着忧伤
我想捕捉它的光芒，放于心上

这个季节，你的不幸让我想起

今年的寒冬，似乎来得有点早
漫天的雪花，如四月飞舞的柳絮
每一朵都带有情绪

记忆，掠过愁思
就像此刻的雪
静静地飘落

去年那日
一夜未停的风，擦拭了冰冷
冗长的夜下
我和你，望着月
聊了诗和远方

而今，你在烟火途上奔波
寒风中，那双细裂布满血痕的手
伸向不远的春天

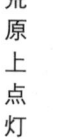

在荒原上点灯

迎 春

驻足于一些枯黄的片段
泥土里蛰伏已久的虫鸣，打破沉寂
寒意，似乎声嘶力竭

于是，收拾层叠在时光里的疼痛
洗濯一切关于过往与泥泞的陈词

从流水中，捞出洗净的陈词
连同发霉的心情
一起搬到阳光下晾晒

天空辽阔成蔚蓝
云朵呢喃成轻柔
那些隐在岁月中的褶皱
此刻，以坦然的心境面对阳光
每一次呼吸，都是一次涅槃

而我的余生，就像一朵沉思
越过凛冽的栅栏

姑娘是一朵花开

晚风，吹裂我的伤痛
一阕离歌，在心底反复吟唱
寂寞的脚印，每一步都踩在情泪滴落处
泥泞的路边，开满苍白的花朵
每朵花瓣上，栖着记忆碎片
如若风会记住每一朵花香
我会记住你给我的每一份暖

在梦中，你是我的新娘

让清晨的阳光闪在我的眉梢
身体升起的暖，总和你有关

在荒原上点灯

远　方

1

雨在飘
那些过往的风景，涤荡窗前

不需向风解释什么
风知道那颗流浪的心
日夜歌吟
和诗，抑或星群
嵌入夜空

请允许我以一个诗者的虔诚
将故乡画在圆心里

2

每当走在城市的十字路口
都纵横着向远的触角
一支未曾远行的笙歌，心中奏起

天上的云朵正赶来
试图带走我的笙声
无边的思绪，覆盖大地

我幻想着，像鸟儿一样穿过城市
去收割故土的旷野

诗 简 介

那些文字，漂泊
流浪过多少地方
我不知道

但我知道，此刻你正从唐朝走来
擎着一束光
在黑暗渡口，点亮那盏心灯

你以清风的姿势降临
摇晃着窗棂
吟唱着具有亮度和温度，关于情爱的呓语
那些横竖撇捺，在深邃的夜里蹁跹
把无尽的思念按在星空

牵一缕秋月之光
放下忧伤
所有的词语，在黎明中苏醒

在荒原上点灯

每一片雪花都有故乡

你穿过江南的小巷
落在我心里
水晶般的眼眸里
溢满乡愁

跟随你轻盈的步伐
找寻童年的影
思念的旷野，苍茫一片
那些跟你有关的记忆
总会在岁月底色凸现
记忆中的你，飘在故乡
童年的冬天，总有一两场洁白
点亮我的懵懂

活 着

我在十字路口徘徊
卑微在尘埃里开出了花，又枯萎
黑暗与白昼交替
寒风穿透忧伤
我的眼泪是黑暗的河流
容颜是白昼的河床
在混沌之前
在清醒之后
云朵牵着我返回黎明
气色依然阳光

在荒原上点灯

望 乡

眸光透过月光，落在思念的笔端
遥远的故乡，在一枚枚文字里冥想

清晨，村庄被鸟鸣唤醒
悠然向上的炊烟，袅着母亲忙碌的身影

儿时的情愫，羁绊在梦中的青河
一河波光，荡漾多少陈年旧事
河边簇拥的野花，呼吸着故土的馨香
一季花魂，吟唱多少游子的梦

黄昏，村庄在暮色中隐去
落日的家长里短，催赶夜的脚步
念，踩着夜的烛火
记忆延伸

轮 回

清晨的风，吹散了夜的孤冷
我在窗前徘徊，倾听远方的呼唤
跨过雪梦的牵念
总有一抹冬阳暖著胸口

看，雪花在阳光下燃烧
无声的羽翼，消失在大地
重逢与离别
仿佛是一场遗忘

悲伤已消亡
在裸露的泥土中
依然执着轮回的芬芳

收割月光

必须饮下这条河
必须保持镰的姿势
去天际，收割这前世悬挂的秘密
在一滴泪中，提取时光的盐分
终究，夜会挡住我们的身体
而那些从荒瘠中生长起来的野草
将坚韧嵌入底色，还原成岁月的形状
还有蝴蝶和花朵
这本属于春天的故事
在一处丛林里，亦远亦近

复　活

一场突如其来的雪
覆盖大地荒芜
失语的季节
一夜之间，满头白发
温度一再降低
在爬满冰霜的窗格里
我看到，所有颜色都成冷色
北风吹过的孤云
裸露在枯枝上
这让我想起一些过往
心绪越发沉重
一痕泪，凝成深藏的冰流
经历一季寒冷
春，蓄积大自然的洪荒之力
叩开嶙峋的冰冷
沉睡的记忆
渐渐苏醒在母亲臂弯里
大地呵！
奋力舒展着僵硬的身躯
黑白相间的眼色
被谁涂抹成多彩画韵

在荒原上点灯

胡　同

小巷，目光幽深
沉默的老槐树上，挂着稀疏的往事

一面青石墙，缝隙里挤满童年
约带烟火味的旧梦，徘徊于泥泞之上

一缕余晖，延伸着时光的宁静
映红了祖祖辈辈的传说

夜

贝多芬的音乐，点亮夜的手指
璀璨之中，与我相似的
唯有影子的虔诚
让我窥见的秘密
要用怎样的凝神，才能
唤来一片月光

在荒原上点灯

路漫漫

晨暮交替
流浪的归途，无处安放肉身
求索是通往诗经的唯一路口
似心有乌托邦的鸟儿，在苍空下盘旋

此刻，信念紧握手中之笔
以虔诚的姿势仰望群山
群山之上，有万物之音
与心底的回声，遥遥呼应

挥笔即行，路过无数条岁月小径
不远处，一处横生的荆棘挡住去路
而我，必须穿过这条宿命
在春天来临之前，踩醒大地的诗情

结　局

我把一切藏在文字里
裹住那片旧江山
万千的和音，从黎明吟唱到深夜
氤氲一片月色

眼睛，却渐渐模糊
一些等待还在远方

勒马的缺口，被反复清洗
每填充一个词
就像翻新一寸土地

而那么多来来往往的蚂蚁
仍沿着它们的属性爬行
仍未被风改变

在荒原上点灯

夜 未 央

月色，涂白我的琴丝
一曲乡思，挽住夜的静谧
几声音符，落在来世的时空里
在黑暗中柔软
一弯忽明忽暗的衷肠
装下半个世纪的诺言
在时光深处，缓缓地涌动

怀念志摩

你走了
带走了一个断章
来不及回头
人间四月天已阴雨霏霏
多少别词，滴落在康桥
滴落在昔日的柳畔
在一支长篙里灌满悲悯的风声

在荒原上点灯

日　子

1

一对二十年的夫妻
吵闹，分离
日子，忽然间疼痛

一位老人去世，家人在小区
大张旗鼓地办法事，惹得邻居生怨
日子，变得不平静

分离的、逝去的，有一种刺骨的寒
苍凉的词中，枯竭的血液
融化为一尾红鱼
游向更深的海

2

我将日子反锁，不断地质问
曾经我们是如此亲近土地
仿佛洐生出所有的爱

长着长着，我们长成了仙人掌
浑身挂满噪音、雾霾、废气的刺角

一些躯体，宛若匕首

在风里划过伤痕

一声轻叹，暮色惨淡
在人群中寻找最后一丝光
庞大的黑暗，即将来临

在荒原上点灯